Sina Nuêmo

Edelsteinschädel

Sina Nuêmo

Edelsteinschädel

Feuer - Erde - Wasser - Luft

Goldene Rakete Verlag für Belletristik

Imprint

Cover image: www.ingimage.com

Publisher:
Goldene Rakete Verlag für Belletristik
is a trademark of
International Book Market Service Ltd., member of OmniScriptum Publishing Group
17 Meldrum Street, Beau Bassin 71504, Mauritius

Printed at: see last page
ISBN: 978-620-2-44465-1

Inhaltsverzeichnis:

I. **Erstes Channeling[1]:**

1. Erste Strophe:

Feuer.

Erde.

Wasser.

Luft.

[1] 24.06.2018

2. <u>Zweite Strophe:</u>

Die vier Elemente.

Die vier Hüter des göttlichen Auftrags.

Warum vier Channelings?

Das ist nur eins.

3. Dritte Strophe:

Und der Hüter der Vier

ist die Basis,

ist das fünfte Element,

gekrönt von der Liebe.

4. <u>Vierte Strophe:</u>

Der Liebe zum Nächsten.

Der Liebe zu seinem Selbst.

Auserkoren

von der Quelle selbst.

5. <u>Fünfte Strophe:</u>

Steht er im Zentrum.

Als Bindeglied

von oben nach unten

und unten nach oben.

II. Zweites Channeling[2]:

1. Erste Strophe:

Der erste

Schädel

symbolisiert

das Feuer.

[2] 24.06.2018

2. Zweite Strophe:

Der zweite

Schädel

symbolisiert

die Luft.

3. Dritte Strophe:

Der dritte

Schädel

symbolisiert

die Erde.

4. Vierte Strophe:

Der vierte Schädel

symbolisiert

das Wasser,

unendlich tief.

III. Dritttes Channeling[3]:

1. Erste Strophe:

Vier Hüter - vier Herrscher.

Unentwegt tätig,

unentwegt verbunden,

unentwegt freigeschaltet.

[3] 24.06.2018

2. <u>Zweite Strophe:</u>

An den vier Seiten der Elemente sitzend,

um zu hüten,

um zu bewahren,

um zu sein.

3. <u>Dritte Strophe:</u>

Die Elemente.

Ein jedes steht für sich.

Einzigartig

und in seiner Kraft.

4. Vierte Strophe:

Doch gemeinsam – alles in Balance –

fließt es ins Zentrum.

Fließt nach innen,

fließt zum fünften Element.

5. Fünfte Strophe:

Aus diesem,

geboren in der Kreativität,

in der Bestimmung,

wird das Neue erschaffen.

6. <u>Sechste Strophe:</u>

Wird zentriert,

nach oben,

nach unten,

getragen.

7. Siebte Strophe:

Wird freigeschaltet, wird gegeben,

aus der Quelle selbst.

Nach unten und von unten,

in die Quelle.

8. <u>Achte Strophe:</u>

Selbst freischaffend,

frei stehend,

einzigartig

und voller Kraft.

9. <u>Neunte Strophe:</u>

In der Liebe gebunden,

eingebunden

im Sein

der göttlichen Quelle.

10. <u>Zehnte Strophe:</u>

Vielversprechend

für die Zukunft.

Die Zukunft des Planeten.

Vorherbestimmt und geschult.

11. Elfte Strophe:

Durch viele Herausforderungen,

geführt und getragen.

Letztendlich immer,

in der Entscheidung zur Liebe.

IV. Viertes Channeling[4]:

1. Erste Strophe:

Doch Liebe

ist oft missverstanden.

Missverstanden sind

die Gesetzmäßigkeiten der Liebe.

[4] 26.06.2018

2. Zweite Strophe:

Nicht immer heißt Liebe – tragen.

Nicht immer, heißt Liebe – verzeihen.

Nicht immer, heißt Liebe – verstehen.

Nein, Liebe fördert.

3. <u>Dritte Strophe:</u>

Liebe

fördert

über die Grenzen

hinauszugehen.

4. Vierte Strophe:

Zu tragen

und zu vertrauen,

dass jeder geführt

und getragen wird.

5. <u>Fünfte Strophe:</u>

Dass ein jeder wächst

an seinen Aufgaben

und an der Überwindung

der Herausforderungen.

6. Sechste Strophe:

Die sein Schicksal,

sein Karma,

sein selbstgewählter Weg

für ihn bereithält.

7. <u>Siebte Strophe:</u>

Wenn ein jeder nur nachgibt,

das ist einfach.

Das zu tun,

was erwartet, was gefordert wird.

8. <u>Achte Strophe:</u>

Dennoch missachtet.

Warum?

Weil das Gegenüber versagt.

Weil das Gegenüber standhalten müsste.

9. Neunte Strophe:

Auch in einem Nein.

Auch in einem

für manchen als Versagen

betrachtenden Verhalten.

10. <u>Zehnte Strophe:</u>

Auch in einem Entgegengehen,

einem Entgegensetzen der Kraft,

einem Standhalten.

Hier zeigt sich das Vertrauen.

11. <u>Elfte Strophe:</u>

Hier dürfen die eigenen Schatten

ins Licht treten,

erkannt werden

und dann gewandelt und transformiert sein.

12. Zwölfte Strophe:

Für alle Beteiligten

im Sinne der vier Elemente.

Getragen vom fünften Element,

der Liebe.

13. Dreizehnte Strophe:

Dann wird gehandelt

aus einem größeren Verstehen,

einem Hingeben

an die göttliche Führung.

14. Vierzehnte Strophe:

Einem

Folgen

der

Impulse.

15. <u>Fünfzehnte Strophe:</u>

Überwindend die Angst

vor ungeliebt sein,

unbeliebt sein,

missverstanden allemal.

16. Sechzehnte Strophe:

Doch das Missverstehen

besteht immer.

Früher bei Dir.

Jetzt bei den anderen.

17. Siebzehnte Strophe:

Wechsle die Seiten

und gehe

auch ins

Gegenüber.

18. Achtzehnte Strophe:

So

sind es

immer

vier Seiten.

19. Neunzehnte Strophe:

So sind es immer

vier Betrachtungsweisen.

Vier Möglichkeiten der Heilung

und eben auch vier Gegensätze.

20. Zwanzigste Strophe:

Doch letztendlich

endet alles im Zentrum.

Im fünften Element –

der Liebe.

21. Einundzwanzigste Strophe:

Je nachdem,

wo Du

Dich

befindest.

22. Zweiundzwanzigste Strophe:

Im Feuer –

Transformation

oder

Krieg.

23. <u>Dreiundzwanzigste Strophe:</u>

Im Wasser,

Gefühl –

lachen

oder weinen.

24. Vierundzwanzigste Strophe:

In der Erde –

Trägheit

oder

getragen.

25. Fünfundzwanzigste Strophe:

In der Luft –

Wandel

oder

Wissen.

26. Sechsundzwanzigste Strophe:

Es liegt an Dir – Hüter der Elemente.

Wohin gibst Du Deine Aufmerksamkeit?

Worin lässt Du Dich unterstützen

und wo endet es?

Printed by Books on Demand GmbH, Norderstedt / Germany